खामोश... वो लौट आया हैं

राहुल सैनी

क्रम-सूची

प्रस्तावना

काल्पनिक कहना, शायद ठीक नहीं होगा क्योंकि हक़ीकत कहीं ना कहीं इस कहानी से प्रत्यक्ष या अप्रत्यक्ष रूप से जुड़ी नजर आएगी और जहां हक़ीकत होती हैं वहां वैचारिक संभावना शून्य हो जाती हैं। हमारे देश में ऐसे बहुत से अपराध होते हैं जिनका शिकार हमारी मासूम बहन-बेटियों को बनाया जाता हैं और वो उनकी जिंदगी को तबाह करके रख देते हैं। देशभर में प्रतिदिन ऐसी घटनाएं घटित होती है जो छेड़खानी से लेकर बलात्कार और हत्याओं को अंजाम देती हैं।

भले ही उन घटनाओं को सीधे तौर पर केंद्रित करने के बजाए इस पुस्तक के पात्रों को एक काल्पनिक परिवेश में ढालने की कोशिश की गई हैं, लेकिन फिर भी आप उस दर्द को महसूस कर पाएंगे जिससे होकर हमारे बीच से ही कोई मासूम गुजर चुकी होती हैं।

गलत सिर्फ वह नहीं होता जो अपने वहशीपने में गलत करता हैं, लेकिन गलत वह भी होते हैं जो उस गलत इंसान को गलत बोलने की जगह, उसे प्रताड़ित करते हैं जो इनकी हैवानियत का शिकार हुए होते हैं। हमें अपनी सोच बदलनी होगी ताकि कोई और मासूम इनकी हैवानियत का शिकार ना हो और इसी बदलती सोच का इंतजार, इंसानियत को अभी भी हैं।

कई बार इन अपराधों को दबा दिया जाता हैं तो कभी इनके खिलाफ़ आवाज उठाने वालों को ही खामोश कर दिया जाता हैं या फिर इंसाफ की लड़ाई में इतना वक्त गुजर जाता है कि इंसाफ की चाहत रखने वाले इंसान की सारी उम्मीदें टूट कर बिखर जाती हैं।

यह कहानी भी कुछ ऐसी ही है जहां एक बच्ची को इंसाफ मिलने का इंतजार 11 सालों तक चलता रहा और इस बीच वह पिता खुद एक कातिल बन गए जिन्होंने अपनी बिटिया को इंसाफ दिलवाने का जिम्मा उठाया था। लोगों की नजर में यह गलत हो सकता था, लेकिन एक पिता की नजर से देखें तो इसमें कुछ गलत नहीं था क्योंकि उन्होंने उन दरिंदों को सजा दी थी जिन्होंने उनसे, उनकी गुड़िया को छीन लिया था।

कुछ काल्पनिक किरदार भी इस कहानी का हिस्सा बनाए गए हैं, ताकि हकीकत बयां करते ये किरदार किसी को भावनात्मक ठेस ना पहुँचाए और किसी घटना विशेष से जुड़े महसूस ना हो।

खैर, अब आप खुद यह कहानी पढ़िए और हमारे दिए तर्कों का अपने नजरिए से खुद विश्लेषण करके देखिए कि क्या सच में कुछ चेहरे ऐसे हैं जो इंसाफ़ के इंतजार में खामोश हो जाते हैं।

आमुख

यह किताब भले ही एक कहानी के रूप में लिखी गयी हो लेकिन यह कहानी आपको बहुत सी सच्ची घटनाओं और अपराधो से जुडी नजर आएगी जो कहीं न कहीं हमारे आस-पास ही हुयी हो या हो सकता हैं की हमारे ही किसी अपने को इस दर्द से गुजरना पड़ा हो। मुझे लिखने का शौक तो हमेशा से रहा हैं लेकिन इसे एक किताब के रूप में लिखने के लिए सबसे बड़ी वजह थी इन घटनाओं को सुनने के बाद होने वाला दर्द जो सिर्फ सुनने के अलावा कुछ नहीं कर सकता था उनके लिए, और उसी दर्द को शब्दों के रूप में मैंने इस किताब का रूप दे दिया जो हमारे ही देश में घटने वाली बहुत सारी घटनाओं से जुडी हैं जिसे आप पढ़ने पर खुद महसूस कर पाएंगे, भले ही वो एक मासूम सी बच्ची पर गुजरी दर्दनाक कहानी हो या फिर एक पिता के प्यार का महाकाल रूप जिसने अपनी बेटी के हर एक क़ातिलों को मिटाने की कसम खा ली थी और किस तरह एक बेटी मरने के बाद भी अपने पिता को गलत साबित होने से बचाने और अपराधियों को सजा देने के लिए वापस लौटकर आती हैं। सीधे तौर पर किसी को निशाना बनाकर लिखना गलत हो सकता था इसी कारण इस किताब को लिखते वक़्त कुछ अकाल्पनिक पात्र जोड़ दिए गए हैं ताकि यह किसी की भावनाओ को आहत न करे।

-राहुल सैनी[author]

1

एक लंबा इंतज़ार

"पापा, आप सुन रहे हो ना मुझे बहुत डर लग रहा हैं यहाँ... मुझे निकाल लो न यहां से,, हाथ छिल गए है इनकी बाँधी हथकडियो से, बोहत दर्द हो रहा है, भेड़ियों की तरह नोच लिया है इन लोगो ने, मुझे नही पता मैं कहाँ हूँ? लेकिन मुझे आपके पास आना है पापा...थोड़ी देर आपकी गोद में सिर रख कर सुकून की नींद सोना हैं, आपसे परियों की कहानियां सुननी हैं जिसमे एक राजकुमार आता था और राजकुमारी को राक्षस के चंगुल से बचा कर ले जाता था लेकिन ये सब झूठ हैं पापा, ऐसा कुछ नहीं हुआ मेरे साथ, कोई नहीं आया मुझे बचाने के लिए, आपकी गुड़िया अकेली ही फंस गयी इन राक्षसों की दुनिया में, जहाँ कोई मेरी चीख नहीं सुनता, बस पापा आप आ जाओ और ले चलो मुझे यहां से, मुझे आपकी गोद में सोना हैं आखिरी बार और फिर हमेशा-हमेशा के लिए मम्मा के पास चले जाना हैं, वो भी इंतज़ार कर रही होगी न मेरा..."

इस रिकॉर्डिंग को सुनकर अदालत में बैठे हर उस शख्स की आंखों में आंसू आ गए जो आज अदालत का वो फैसला सुनने आया था जिसका इंतज़ार पिछले 11 सालो से था और आज भी उम्मीद थी इन्साफ मिलने की। लेकिन इन 11 सालों से इन्साफ के नाम पर मुकदमा चल किसके लिए रहा था और किसके थे वो शब्द जिसने पूरे देश को झकझोर कर

रख दिया था? यह जानने के लिए हमें चलना होगा आज से ठीक 11 साल पीछे जहाँ से वो दर्दनाक किस्से निकल कर सामने आयेंगे जिस पर शायद आप भरोसा भी ना कर पाये लेकिन जब सारी गुत्थियाँ खुल कर सामने आएँगी तो आप सोचने पर मजबूर हो जायेंगे कि क्या ऐसा भी हो सकता हैं, जब एक पिता अपनी बेटी को इंसाफ दिलाने के लिए खुद कातिल बन गया और बेटी खुद लौट आयी अपने पिता को बेगुनाह साबित करने के लिए.....

2

11 साल पहले..

राजस्थान के बीकानेर में बसा एक छोटा सा गांव बसौढ़, जहाँ मशहूर उद्योगपति उदय सिंह रावल अपनी बेटी विद्या के साथ अपनी पुश्तैनी हवेली में रहा करते थे। विद्या की माँ जानकी पेशे से एक वकील थी और जरूरतमंदो को न्याय दिलाने के लिए लड़ा करती थी। एक बार उनके पास बलात्कार से जुड़ा एक केस आया था जिसे कोई भी वकील अपने हाथ में नहीं लेना चाहता था क्योंकि यह केस एक विधायक से जुड़ा हुआ था और विधायक के साथ खड़ी थी वहां की सरकार।

कोई भी वकील ऐसा नहीं चाहता था कि वह राजनीतिक हस्तियों के साथ दुश्मनी मोल दे, और शायद उन्हें यह भी डर था कि अगर वह ऐसा करते हैं तो यह उनके लिए बहुत बुरा साबित होगा। लेकिन जानकी को इन सबकी कोई फिक्र नहीं थी क्योंकि वह सच का साथ देने के लिए एकदम निडर होकर काम किया करती थी और यही वजह थी कि जानकी ने उस लड़की को इंसाफ दिलवाने के लिए उसका केस अपने हाथों में ले लिया।

इस केस को अपने हाथों में लेने के बाद बलात्कार का शिकार हुई रश्मि से पूछताछ में पता चला कि विधायक ने उसे अपने साथ शारीरिक संबंध बनाने के लिए मजबूर किया था और जब उसने मना कर दिया तो कॉलेज जाते वक्त विधायक ने उसको जबरदस्ती अगवा कर लिया और अपने बेटे और भतीजे के साथ मिलकर उसके साथ बलात्कार किया और किसी को कुछ बताने पर जान से मार देने की धमकी भी दी। पहले तो पुलिस

ने भी रिपोर्ट दर्ज करने से मना कर दिया लेकिन बाद में लोगों के बढ़ते आक्रोश के कारण रश्मि की रिपोर्ट दर्ज करनी पड़ी।

जानकी ने इस केस से जुड़े गवाहों और सबूतों को रश्मि के पक्ष में गवाही देने के लिए मनाने की कोशिश की, लेकिन वह कामयाब ना हो सकी क्योंकि कोई भी विधायक के विरोध में खड़ा होने की हिम्मत नहीं कर पा रहा था।

इधर जब विधायक को पता चला कि जानकी ने रश्मि का केस अपने हाथों में ले लिया है तो उन्होंने जानकी को इस केस से दूर रहने की धमकी दी।

इन सबके बावजूद जानकी पूछताछ के दौरान मिले कुछ सबूतों के आधार पर ही रश्मि को इंसाफ दिलवाने के लिए डटी रही, क्योंकि सच के लिए लड़ना तो जानकी ने बचपन से सीखा था और यह तो एक लड़की की इज्जत से जुड़ा सवाल था और अगर आज वह रश्मि को इंसाफ ना दिलवा पायी तो शायद आगे कोई भी लड़की गलत के खिलाफ़ खड़े होने की हिम्मत नहीं कर पाएगी। यही सोचकर जानकी ने लोगों से अनुरोध किया कि वह रश्मि को इंसाफ दिलवाने में उनका साथ दे। आज रश्मि उस हैवानियत का शिकार हुई है, अगर आज उन दरिंदों को सजा नहीं मिली तो हो सकता है कल हमारे ही बीच से कोई और रश्मि इसका शिकार बनेगी। इसीलिए हम सब को लड़ना होगा, हम सबको मिलकर गलत के खिलाफ आवाज उठानी होगी और तभी हम कामयाब हो पाएँगे।

जानकी ने बहुत से जरूरतमंदों की मदद की थी इसलिए लोग जानकी की बात से सहमत होकर रश्मि को इंसाफ दिलवाने की जंग में जानकी के साथ खड़े हो गए। यह बात समाज के कुछ दुष्ट प्रवृति के लोगो को रास नहीं आयी और उन्होंने जानकी की हत्या करवा दी।

विद्या के सिर से माँ का साया उठ जाने के बाद, उदय सिंह ने ही विद्या को पिता के साथ साथ एक माँ का लाड़-प्यार भी दिया था और विद्या को एक राजकुमारी की तरह रखा करते थे ताकि विद्या को कभी माँ की कमी महसूस न हो पाए।

उदय सिंह के साथ ही उनकी मुंहबोली बहन कामिनी और उनका छोटा भाई बलवंत सिंह भी अपनी पत्नी सुहासिनी और बेटे दुष्यंत के साथ रहा करते थे।

उदय सिंह अपनी बेटी और परिवार के साथ एक खुशहाल और शांतीपूर्ण जीवन व्यतीत कर रहे थे लेकिन कहते हैं न, समय हमेशा एक जैसा नहीं रहता। शायद उदय सिंह की ज़िन्दगी में भी यह शांति किसी आने वाले बहुत बड़े तूफ़ान का संकेत थी जो इनकी ज़िन्दगी को तहस-नहस करके रख देगा।

जल्द ही विद्या का 11वाँ जन्मदिन आने वाला था तो उदय सिंह अपनी गुड़िया के जन्मदिन को खास बनाने के लिए तैयारियों में मशगूल हो गए ताकि विद्या को इस बार जन्मदिन का सबसे ख़ास तोहफा दे सके।

इधर उदय सिंह बहुत परेशान थे, क्योकि दिन-ब-दिन उनको कारोबार में भारी नुकसान उठाना पड़ रहा था और ये उनको समझ नहीं आ रहा था की अचानक ये सब क्यों हो रहा था और क्या कारण था इन सबके पीछे....

यह जानने के लिए उदय सिंह ने बलवंत से कहा की वो एक बार शहर जाकर व्यापारियों से मिल आये कि अचानक से हो रहे इस नुकसान का कारण क्या हैं लेकिन बलवंत ने उदय सिंह को खुद जाकर व्यापारियों से बात करने के लिए कहा की अगर आप खुद जायेंगे तो समस्या को अच्छे से समझ पाएंगे और आप तो जानते ही हैं की मुझे बिज़नेस के बारे ज्यादा समझ भी नहीं हैं

इसी के चलते उदय सिंह को अपनी लाडो को अकेले छोड़कर बाहर जाना पड़ रहा था। जब वो जा रहे थे तो विद्या उनसे लिपट गयी और सिसकते हुए बोली-"आपको पता हैं ना कि परसों मेरा जन्मदिन हैं और आप मेरे को अकेला छोड़कर जा रहे हो, ऐसे कोई अपनी राजकुमारी को उसके जन्मदिन पर छोड़कर जाता हैं, मत जाओ ना।"

यह सुनकर उदय सिंह ने विद्या को बड़े प्यार से गोद में उठाया और उसके गालों पर एक प्यारी की चिमटी काटते हुए कहा-"ओह मेरी गुड्डु एकदम बुद्धू! किसने कहा आपसे की हम आपके जन्मदिन पर

आपके साथ नहीं होंगे... थोड़ा सा काम ही तो हैं वो पूरा होते ही हम यूँ.. अपनी गुड़िया के पास वापस आ जायेंगे और खबरदार हमारी गुड़िया रानी की आँखों से ये कीमती मोती दोबारा निकले तो वरना हम भी रोने लग जायेंगे और फिर आपको हमारी राक्षस जैसी रोने की आवाज सुननी पड़ेगी।"

यह सुनकर विद्या जोर-जोर से हसने लगी और बोली-"आप तो एकदम जोकर लगोगे रोते हुए, बिलकुल अच्छे नहीं लगोगे।" यह सुनकर वहां खड़े सभी लोग हसने लगे और आखिरकार न चाहते हुए भी उदय सिंह को अपनी लाडो से दूर जाना पड़ा।

3

खतरे में उदय सिंह

इधर विद्या अपने जन्मदिन की खुशी में सातवे आसमान पर थी और उधर उदय सिंह किसी बहुत बड़ी साजिश का शिकार होने वाले थे।

सफर के दौरान ही उदय सिंह पर जानलेवा हमला कर उन्हें बंधक बना लिया गया। जब उदय सिंह की आँखे खुली तो वे किसी सुनसान खंडहर में पड़े हुए थे, उनके हाथ-पैर रस्सियों से बंधे हुए थे जिस कारण वो हिल भी नहीं पा रहे थे।

भूखे-प्यासे उदय सिंह घंटो तक ऐसे ही बंधक बने हुए पड़े रहे, शरीर पर पड़े चोट के घाव दर्द दे रहे थे लेकिन इन सबके बावजूद उनके दिल में एक उम्मीद बरक़रार थी और जुबां पर नाम था, गुड़िया।

ऐसे ही अधूरी सी उम्मीद के साथ उदय सिंह वहां से निकलने की वो हर एक कोशिश कर चुके थे जो की जा सकती थी लेकिन अब उनकी हर एक उम्मीद रात के अँधेरे की तरह धुंधली पड़ती जा रही थी।

लगभग आधी रात का वक़्त था, चारो तरफ सन्नाटा छाया हुआ था... की तभी एक तेज रौशनी उदय सिंह के चेहरे पर पड़ी, जिस कारण उनकी आंखे थोड़ी देर के लिए खुली और फिर वापस चौंधिया कर बंद हो गयी।

एक आवाज उदय सिंह के कानों में पड़ती है- "क्या हुआ उदय सिंह, अपनी बेटी से नहीं मिलना चाहोगे, इंतज़ार कर रही है वो तुम्हारा..

लेकिन वो जिंदा है या फिर मुर्दा.. क्या तुम नहीं जानना चाहोगे?"

यह सुनकर उदय सिंह के शिथिल पड़ चुके शरीर में हलचल हुई... शायद अपनी गुड़िया की चिंता के कारण आँखों से आँसू भी बहने लगे थे।

इन सबके बीच एक गुस्सैल आवाज में मजबूर पिता की चीख- "नहीं! मेरे साथ जो करना है, कर लो.. लेकिन मेरी विद्या से दूर रहो, वो एक छोटी सी बच्ची है। तुम्हे जो कुछ भी चाहिए मैं वो सब करने को तैयार हूँ. चाहो तो तुम्हारे पैर भी पड़ने को तैयार हूं लेकिन मेरी बेटी विद्या को कुछ मत करना।"

इसके बाद वो शख्स उदय सिंह के नजदीक आया और उदय सिंह से कुछ दस्तावेजों पर दस्तखत करने को कहा। उदय सिंह ने उन दस्तावेजों पर एक नजर दौड़ाई, शायद वो पढ़ना चाहते थे कि इनमें क्या लिखा हैं। लेकिन तभी उस शख्स की आवाज दोबारा कानों में पड़ी, वो कह रहा था- "नादान उदय सिंह, तुम अभी इस हालत में नहीं हो कि इनको पढ़कर मेरे साथ किसी भी प्रकार का समझौता कर सको। अपना और मेरा दोनों का समय बर्बाद करने की जगह चुपचाप दस्तखत कर दो और जल्दी से अपनी बेटी के पास चले जाओ... क्या पता वो किस हालत में है, जिंदा भी है या फिर...

यह कहकर उसने उदय सिंह के हाथ-पैर खोल दिए और उदय सिंह ने भी उसकी बात मानकर उन दस्तावेजों पर दस्तखत कर दिए।

इसके बाद उदय सिंह की आँखों पर पट्टी बांध दी गयी और एक सुनसान जगह पर फैंक दिया गया। जब उदय सिंह ने आँखों से पट्टी हटाई तो उन्हें समझ नहीं आया की ये कौनसी जगह थी।

जिस्म में इतनी ताकत तो नहीं थी लेकिन फिर भी घायल उदय सिंह अपनी अधखुली-सी आंखों के सहारे आगे बढ़ने की कोशिश कर रहे थे। यह कोई वीरान और रेतीली सी जगह थी, जहाँ उन्हें छोड़ा गया था। दूर-दूर तक इंसान तो क्या, पेड़ पौधे भी नज़र नहीं आ रहे थे।

अपनी दयनीय हालत से मजबूर उदय सिंह यह तो समझ चुके थे कि अपहरणकर्ताओं ने उनको अगवा क्यों करवाया था लेकिन किसने करवाया था, यह विचार उनको विचलित कर रहा था।

ढेरों सवाल थे, जो इस परिस्थिति में भी बेलगाम घोड़े की तरह उनके

दिमाग में दौड़ रहे थे, लेकिन इस वक्त इन सबका जवाब मिलने से ज्यादा जरूरी था उनका इस जगह से निकलना।

इसी कोशिश में उदय सिंह चलते-चलते वहां से बहुत दूर निकल आए थे, जहां से उन्होंने चलना शुरू किया था लेकिन इस वीराने की सीमा अब भी कोसों दूर थी।

इसी बीच उदय सिंह एक ऐसी जगह आ पहुंचे, जहाँ डर भी डर से खौफ खाने लगा था। यह एक बेहद ही डरावनी और मनहूसियत भरी जगह थी, जहाँ पलभर भी रुकना दमघोंटु साबित हो रहा था। उदयसिंह वहाँ से निकलना चाहते थे लेकिन कुछ ऐसा था, जो उन्हें जाने से रोक रहा था।

तभी उदय सिंह ने देखा कि उनके सामने कोई था जो उन्हें एकटक घूरे जा रहा था लेकिन घने अंधेरे के बीच उदयसिंह उसे नहीं देख पा रहे थे, सिवाय उसकी चमकती लाल आंखों के।

उदय सिंह थोड़े घबराए हुए भी थे क्योंकि इस जगह पर किसी इंसान के होने की संभावना शुन्य के बराबर थी, तो हो सकता था कि यह कोई भयानक जानवर हो या फिर उससे भी खौफ़नाक। यही आशंका उदय सिंह को डरा रही थी लेकिन उनका डर एक पिता की चिंता के सामने गौण साबित हुआ क्योंकि उन्हें किसी भी हालत में अपनी गुड़िया के पास पहुंचना था।

बिटिया के लिए इसी बेइंतहा मोहब्बत ने हिम्मत जुटाकर उस गुमनाम सायें से पूछा-“ आप कौन हो और यहाँ क्या कर रहे हो, यह कौन सी जगह हैं, जहां की हवा में ही मनहूसियत से भरी हैं।”

यह सुनकर को गुमनाम नज़रे गुस्से से बोल पड़ी-“ तू इससे मनहूसियत भरी जगह बोल रहा हैं, इस जगह को मनहूस बोलने वाले इंसान तुझे अंदाजा भी नहीं हैं कि तेरी जिंदगी में मनहूसियत के वो काले सायें मंडराने वाले हैं जो तेरी जिंदगी को तबाह करके रख देंगे। तेरी जिंदगी उस मोड़ पर खड़ी है जहाँ मुसीबतें बाहें फैलाए तेरा इंतजार कर रही है ताकि तू उनके आगोश में समा जाए। वक्त रहते लाशों का बिछौना बनने से रोक सकता हैं तो रोक ले, वरना पापियों के कुकर्म एक अंधकार भरे भविष्य का निर्माण करने को तत्पर खड़े हैं जो इंसानियत का वज़ूद सवालों के कटघरे में लाकर खड़ा कर देंगी।

यह अनजान सा शख़्स क्या बोल रहा था, उदय सिंह को कुछ समझ नहीं आ रहा था, और फिर एक लंबा सफर तय करने के बाद उदय सिंह के शरीर में इतनी ताकत नहीं बची थी की वो हिल भी सके लेकिन अपनी गुड़िया के लिए ढेर सारा प्यार और चिंता उन्हें कमजोर नहीं पड़ने दे सकती थी। इसी डर के साथ वो थोड़ी दूर तक लड़खड़ाते हुए चले लेकिन फिर बेहोश होकर गिर पड़े।

जब उदय सिंह की आँखे खुली तो वो एक दवाखाने में थे, जहाँ से पूछने पर पता चला कि किसी योगेशकवर नाथ नाम के शख़्स ने उनको बेहोशी की हालत में यहां पहुंचाया था। वो थोड़ी जल्दी में थे तो उनके होश में आने का इंतज़ार ना कर सके।

इसके तुरंत बाद उदय सिंह अपने घर के लिए निकल पड़े क्योंकि आज ही उनकी गुड़िया का जन्मदिन था और वो अपनी लाडो से मिलने के लिए बेताब थे और उससे भी ज्यादा अपनी गुड़िया को देखकर तसल्ली करना चाहते थे की वो एकदम ठीक हैं।

यहीं सब सोचते हुए वो किसी तरह हवेली तक पहुँचे लेकिन....

4

अपने बने पराये

जब उदय सिंह हवेली के अंदर गए तो उन्होंने देखा की हवेली को एक नयी नवेली दुल्हन की तरह सजाया गया था और वहां कोई बहुत बड़ा समारोह चल रहा था। उदय सिंह यह सोचकर खुश हुए कि उनकी गैर मौजूदगी में उनके परिवार ने विद्या की खुशियां कम नही होने दी लेकिन उदय सिंह का ये भ्रम जल्द ही टूट गया, जब उन्हें पता चला कि यह समारोह विद्या की सालगिरह का जश्न मनाने के लिए नहीं रखा गया था बल्कि इसका तो कोई और ही कारण था जो उदय सिंह की आँखों के सामने होते हुए भी उनकी समझ से कोसों दूर था।

इसका कारण जानने के लिए उदय सिंह अपने छोटे भाई बलवंत सिंह के पास गए और उससे बात करनी चाही लेकिन उसके तो तेवर ही बदले हुए थे, वो सीधे मुँह उदय सिंह से बात तक नहीं कर रहा था।

इन सबको नजरअंदाज कर उदय सिंह ने विद्या के बारे में बलवंत से पूछा तो उसने बड़ी बेरुखी से जवाब दिया-" वो कल बाहर खेलने गयी थी, अभी तक वापस नहीं आई हैं, हमें नहीं पता वो कहाँ हैं।"

यह सुनकर उदय सिंह का गुस्सा सातवें आसमान पर चढ़ गया और वो बलवंत से बोले-"नमकहराम! कल से विद्या गायब हैं और तू यहां खुशियां मना रहा हैं। तुझे चाचा कहकर बुलाती थी न वो और तू उसका मान भी न रख पाया, तुझ जैसे इंसान की मेरे घर में कोई जरुरत नहीं हैं जो मेरी गुड़िया का ख़याल तक नहीं रख सकता, निकल जा मेरे घर से।"

इतना सुनते ही बलवन्त ठहाके मारकर हसने लगा और बोला- "तुम्हारा घर! अब ये तुम्हारा घर नहीं रहा उदय सिंह... याद हैं तुमने खुद जायदाद के दस्तावेजों पर दस्तखत करके यह सारी संपत्ति हमारे नाम कर दी हैं, अब इस घर पर तुम्हारा कोई हक़ नहीं हैं, इस लहजे से तो अब तुम्हे इस घर से बाहर निकलना चाहिए।"

यह सब सुनकर उदय सिंह को बहुत बड़ा सदमा लगा कि जिन सबको उन्होंने अपना परिवार माना था, उन्ही लोगो ने उनके साथ विश्वासघात कर उन्ही के पीठ में छुरा घोंप दिया।

लेकिन इस धोखे के बीच भी उनके दिल में सिर्फ विद्या की ही फ़िक्र थी और इसी फ़िक्र के साथ वो बलवन्त के सामने गिड़गिड़ा रहे थे ताकि वो बता दे कि उनकी प्यारी सी गुड़िया कहाँ हैं, और किस हालत में हैं। लेकिन इस मजबूर पिता की आवाज वहां किसी ने ना सुनी, कोई उस दर्द को ना समझ पाया, जो एक पिता का सीना चीर कर रख देता हैं जब उसकी गुड़िया पर मुसीबत आती हैं...शायद वहां पर मौजूद लोगो में किसी की भी बेटी नहीं थी इसीलिए वो इस पिता का दर्द ना समझ पाये।

इधर उदय सिंह को उन्हीं के घर से धक्के देकर बाहर निकाल दिया गया...

इस वक़्त उदय सिंह के दिल को सबसे बड़ी ठेस पहुंची थी कि जिनको उन्होंने अपना माना था, आज उसी परिवार ने उनको एक सांप की तरह डस लिया था जो कभी किसी का सगा नहीं हो सकता।

अपनों की गद्दारी के दिए इस जख्म के बीच उदय सिंह हर गुजरते पल के साथ विद्या की फिक्र में डूबते जा रहे थे और उनके दिल में सिर्फ एक ही सवाल था - आखिर कहाँ हैं मेरी गुड़िया?

5

विद्,या की तलाश

अपनों के किये विश्वासघात के बीच विद्,या को तलाश पाना उदय सिंह के लिए बहुत मुश्किल होने वाला था। इसकी मंजिल कहाँ थी और शुरुआत कहाँ से करनी थी, उदय सिंह को इसका कोई अंदाजा नहीं था।

उदय सिंह ने अपने जितने भी जान-पहचान वाले थे, उन सभी से मदद मांगनी चाही लेकिन वक़्त का खेल तो देखो, वो लोग जो कभी उदय सिंह के दिल के करीब हुआ थे, आज उन सबने एक ही पल में उदय सिंह को दरकिनार कर दिया था।

सच ही कहते हैं लोग कि जब तक आपकी जेब गरम होती हैं तब तक आपको अपना कहने वालों की भीड़ होती हैं। लेकिन जैसे ही आप पर मुसीबतों का सायाँ मंडराने लगता हैं, वैसे ही आपको अपना कहने वाली वो भीड़ दूर-दूर तक नजर भी नहीं आती हैं।

उदय सिंह के साथ भी अभी कुछ ऐसा ही हो रहा था, जितने भी उनके अपने कहने वाले थे वो सभी मुसीबत के इस वक़्त पर उनका साथ छोड़ चुके थे।

इधर उदय सिंह ने विद्,या को ढूंढने के लिए पुलिस की मदद लेना ही ठीक समझा क्योंकि इस वक़्त वो ही एक आखिरी उम्मीद थी जो विद्,या को ढूंढने में उदय सिंह की मदद कर सकती थी।

जब उदय सिंह पुलिस थाने पहुंचे तो उनको वहां पर योगेश्वर नाथ नाम का एक पुलिस अधिकारी मिला जो पहले से ही उदय सिंह को

जानता था। बातचीत से पता चला की ये वही शख्स हैं जिन्होंने उदय सिंह को बेसुध हालत में अस्पताल पहुंचाया था।

यह सब जानने के बाद उदय सिंह ने योगेश्वर नाथ का आभार व्यक्त किया और अपनी बेटी विद्या के गुमशुदा होने की बात बताई।इन सबके बाद पुलिस ने कुछ जरूरी पूछताछ के बाद अपनी कार्यवाही शुरू कर दी और इधर उदय सिंह भी अपने स्तर पर अपनी गुड़िया को ढूंढने की नाकाम कोशिशें कर रहे थे।

लेकिन उनकी मासूम सी विद्या आख़िर थी कहाँ? और किस हालत में... यह सोच सोचकर उदय सिंह अपने आप को कोस रहे थे की आखिर क्यों, वो अपनी गुड़िया को अकेला छोड़कर गए वरना आज उनकी गुड़िया उनके पास होती।

इसी तरह सिर्फ एक उम्मीद के सहारे एक पिता अपनी लाडो को ढूंढने की लाख कोशिशें कर रहा था लेकिन हर गुजरते पल के साथ उनकी उमीदे भी कमजोर पड़ती जा रही थी....

6

टूट गयी उम्मीदें

उदय सिंह के दिल में अपनी लाडो के लिए बेपनाह मोहब्बत एक बिखरी सी उम्मीद लिए बैठी थी कि जल्द ही विद्या उनके सामने होगी और भागते हुए आकर उनके गले लग जायेगी और बोलेगी-"बाबा मेरे जन्मदिन का तोहफ़ा कहाँ हैं, आपने बहुत देर कर दी न आने में?"

उदय सिंह के चेहरे पर चिंता की लकीरें और आंखों में बेबसी, किसी चमत्कार होने की उम्मीद में अपनी गुड़िया के खयालों में डूबी हुई थी लेकिन उनका विश्वास इस दुनिया से विरक्त हो चुका था क्योंकि विश्वास की डोर अब कमजोर नहीं बल्कि अदृश्य सी हो चुकी थी।

इस वक्त उदय सिंह एकदम अकेले पड़ चुके थे, ना कोई सहारा था ना और ना ही कोई सांत्वना देने के लिए हमदर्द, जो उनसे यह कह पाता कि चिंता मत करो हमारी विद्या जल्द ही हमारे पास लौट आएगी।

परेशानियां तो हर मोड़ पर हमारी घेराबंदी करने लगती हैं लेकिन इसका मतलब यह तो नहीं कि हम कोशिश करना छोड़ दें।

वैसे भी उदय सिंह इस आखिरी उम्मीद को नहीं छोड़ सकते थे क्योंकि यही तो एक आखिरी सहारा था जो हर पल उन्हें विद्या के सकुशल मिल जाने की उम्मीद में ढाँढ़स बंधा रहा था।

लेकिन ये बिखरी-सी उम्मीदें भी उस वक़्त टूटकर बिखर गयी जब पुलिस ने उदय सिंह को बताया कि उन्हें गजनेर के जंगलों के नजदीक एक बच्ची की लाश क्षत-विक्षत हालत में पड़ी होने की खबर मिली हैं।

यह खबर सुनकर बेसुध से हो चुके उदय सिंह को घटनास्थल पर ले जाया गया ताकि शव की शिनाख्त की जा सके।

उदय सिंह ने जैसे ही बच्ची की लाश को देखा, वो एक ज़िंदा लाश बनकर रह गए, मानो उनकी जान उनके शरीर से निकल चुकी हो क्योंकि यह लाश किसी और की नहीं बल्कि उनकी गुड़िया, उनकी विद्या की थी जो अब उनसे बहुत दूर जा चुकी थी।

उदय सिंह भावहीन हो चुके थे, ना उनकी आँखों में आँसू थे और ना शरीर में कोई हलचल...शायद एक पिता की मोहब्बत यह मानने को तैयार नहीं थी की उनकी गुड़िया अब कभी लौटकर वापस नहीं आएगी।

उदय सिंह की हालत देखकर योगेश्वर नाथ ने उन्हें अस्पताल में भर्ती करवा दिया और इधर विद्या की लाश को पोस्टमार्टम के लिए भिजवा दिया गया।

जब विद्या की पोस्टमार्टम रिपोर्ट सामने आई तो उनमें कुछ ऐसा सामने आया जिसे सुनकर हर किसी की रूह काँप उठी।

अगले दिन एक स्थानीय समाचार पत्र में एक खबर छपी थी-11 साल की मासूम बनी हैवानियत का शिकार। इसके अलावा इस बात का जिक्र किसी बड़े न्यूज़ चैनल या समाचार पत्र में नहीं था, शायद इसकी वजह थी की यह घटना किसी बड़े नेता या उद्योगपति से नहीं जुड़ी थी क्योंकि उदय सिंह अब एक उद्योगपति नहीं थे और लोगो की नजर में भी वो एक मजबूर पिता बनकर रह गए थे जो बिटिया के वियोग में अपनी सुध-बुध खो चुके थे।

शायद हर किसी के लिए इस दर्द को समझ पाना मुमकिन नहीं था लेकिन वो परिवार इस दर्द को जरूर महसूस कर पा रहे थे जिनके घर में भी विद्या की तरह किसी लाडो की हँसी गूंजती होगी।

यकीनन इस दर्द को लोगो ने महसूस किया था और उसी दर्द की पुकार पूरे शहर में गूँज रही थी और उन रैलियों की आवाज थी-विद्या को इन्साफ दो.....

7

अपराधियों का खुलासा

जनता के बढ़ते आक्रोश के बीच प्रशासन को भी अपनी भेड़चाल छोड़कर एक्शन में आना पड़ाजनता के बढ़ते आक्रोश के बीच प्रशासन को भी अपनी भेड़चाल छोड़कर एक्शन में आना पड़ा।

एक तरफ लोगो का बढ़ता आक्रोश और गली-गली से निकल रैलियां सरकार की कानून व्यवस्था पर सवाल खड़ा कर रही थी तो दूसरी तरफ प्रशासन को भी इसएक तरफ लोगो का बढ़ता आक्रोश और गली-गली से निकलती रैलियां सरकार की कानून व्यवस्था पर सवाल खड़ा कर रही थी तो दूसरी तरफ प्रशासन को भी इस केस की सख्ती से छानबीन करने में जुटना पड़ा।

इस केस से जुड़ी कई कड़ियाँ थी जो खुलकर सामने आनी थी और इसकी शुरुआत हुयी बलवंत सिंह की गिरफ्तारी से। बलवंत सिंह को इस शक के आधार पर गिरफ्तार किया गया की जब उदय सिंह पर जानलेवा हमला हुआ था तो बलवंत घटनास्थल पर मौजूद था और इसके पुख्ता सबूत पुलिस को मिल चुके थे।

इस आधार पर अंदाजा लगाया जा रहा था कि विद्या के गायब होने और फिर उसकी हत्या हो जाने के बीच बलवंत सिंह का कहीं ना कहीं हाथ जरूर था।

पुलिस की पूछताछ में सामने आया कि उदय सिंह पर जानलेवा हमला करवाने और उसे बंधक बनाकर रखने के पीछे बलवंत और उदय सिंह की मुंहबोली बहन कामिनी का हाथ था लेकिन विद्या की हत्या के पीछे किसका हाथ था, वो अभी भी एक पहेली बना हुआ था।

राजनीतिक जान-पहचान के चलते बलवंत सिंह जल्द ही हिरासत से बाहर निकल गया और उस पर लगाए गए इल्जाम भी दबा दिए गए।

इधर उदय सिंह को किसी अनजान शख्स ने एक रिकॉर्डिंग भेजी, जिसकी आवाज सुनकर उदय सिंह सदमे से बाहर निकल आये लेकिन उनके दिल में अब बदले की एक प्रचंड ज्वाला धधकने लगी थी।

अपनी गुड़िया के कातिलों को सजा दिलवाने के लिए यह पहला सबूत था जो उन हैवानों तक पहुंचने में मदद कर सकता था। जब उदय सिंह ने यह रिकॉर्डिंग योगेश्वर नाथ को सुनाई तो जाँच से पता चला की इस आवाज के पीछे जो शोर हो रहा था वो शायद यहां से 2 किलोमीटर दूर सूनसान पड़े खंडहर के पास की थी क्योंकि उससे थोड़ी दूर ही पत्थर तोड़ने का काम चल रहा था और इस रिकॉर्डिंग में भी बिल्कुल वैसा ही शोर सुनाई दे रहा था।

शक के आधार पर पुलिस की एक टीम उस सूनसान पड़े खंडहर में भेजी गयी तो छानबीन में विद्या के कपडे, खून के धब्बे और खून से सनी हुई हथकड़ियां मिली...शायद इन्ही हथकड़ियों से बांधकर विद्या को रखा गया था।

वहां से मिले उँगलियों के निशान और खून के धब्बों को जाँच के लिए भेज दिया गया।

जब डीएनए रिपोट्र्स सामने आई तो पता चला कि उसमें विद्या के अलावा किसी और का भी खून था लेकिन किसका यह पता नहीं चल पाया था।

इधर अँगुलियों के निशान के आधार पर दुष्यंत को गिरफ्तार कर लिया गया और उससे कड़ी पूछताछ की गयी तो उसने दो लड़को आमिर और शाहनवाज का नाम बताया जो जो इस हत्या में शामिल थे।

पता चलते ही उन दोनों आरोपियों को भी गिरफ्तार कर लिया गया और तीनों आरोपियों से सख्त पूछताछ की गयी तो उन्होंने अपना जुर्म

कुबूल कर लिया और यह भी बताया की इस घटना को उन्होंने कैसे अंजाम दिया था।

इन सबकी शुरुआत तब हुई थी जब बलवन्त और कामिनी ने मिलकर उदय सिंह को बंधक बनाया था और फिर विद्या का नाम लेकर उदय सिंह को डराया धमकाया ताकि उदय सिंह अपनी जायदाद उनके नाम करदे और ठीक वैसा ही हुआ जैसा वो चाहते थे।

इसी वक़्त का फायदा उठाकर हम लोगो ने विद्या को अगवा कर लिया और एक सुनसान जगह पर बंधी बनाकर रखा और उसके साथ कई बार जबरदस्ती शारीरिक संबंध भी बनाए।

लेकिन एक दिन जब उसके हाथ गलती से खुले रह गये थे तो उसने हमारा ही फ़ोन इस्तेमाल कर उदय सिंह को फ़ोन कर दिया और सारी बातें उगल दी।

इसकी वजह से हम लोग बहुत डर गए थे और इसी कारण आमिर ने उसको खंजर घोंपकर जान से मार दिया और उसकी लाश को पास के जंगल में फेंक दिया ताकि किसी को पता न चले क्योंकि वहां जंगली जानवर रहते हैं तो हमने सोचा कि उसकी लाश को भी जंगली जानवर खा जायेंगे लेकिन ऐसा कुछ नहीं हुआ और उसकी लाश पुलिस को मिल गयी।

इधर विद्या के हत्यारों का पता तो चल चूका था लेकिन ये सवाल अब भी सवाल ही बना हुआ था की उस खंडहर में विद्या के अलावा, मिला वो खून किसका था....

8

अदालत का न्याय

अपराध और अपराधी दोनों सामने आ चुके थे, अब इंतज़ार था तो सिर्फ कोर्ट के फैसले का।

अगले ही दिन इन अपराधियों को अदालत में पेश किया गया लेकिन यह देखना बेहद शर्मनाक था की उन दरिंदों की तरफ से एक नामचीन वकील उनको बचाने के लिए केस लड़ रहा था। आखिर इससे बड़ी शर्म की और क्या बात हो सकती थी कि इस देश में उस दरिंदे को भी वकील मिल जाता हैं जिसने किसी मासूम बच्ची का बलात्कार कर उसकी बेरहमी से हत्या कर दी हो।

अदालत की कार्यवाही शुरू हुई लेकिन शुरू होने से पहले ही खत्म हो गयी क्योंकि उन दरिंदो के वकील ने ऐसा दांव खेला की उन गुनहगारों को नाबालिग साबित करके केस ही बंद करवा दिया।

आखिर ये कहाँ का न्याय था और कौनसा आधार था इस फैसले का, की उन दरिंदों को नाबालिग करार दिया जाता हैं जो एक मासूम बच्ची के साथ घिनौना कृत्य कर उसकी बेरहमी से हत्या कर देते हैं।

आखिर वो हैवान नाबालिग कैसे हो सकते हैं जो किसी का बलात्कार कर सकते हैं, किसी की बेरहमी से हत्या भी कर सकते हैं...ये तो जानवर कहलाने के लायक भी नहीं थे, फिर कैसे अदालत ने इन्हे नाबालिग करार दे दिया।

इस फैसले के बाद सब शांत हो गया था, ना कहीं विद्या का जिक्र था और ना ही कोई रैली निकल रही थी जो विद्या के लिए इन्साफ की मांग कर रही हो।

लेकिन एक आग अब भी जल रही थी और वो आग जल रही थी एक पिता के दिल में, जो हर गुजरते पल के साथ अंदर ही अंदर ज्वालामुखी का रूप लेती जा रही थी, की एक पिता अपनी बिटिया के हत्यारों को सजा भी नहीं दिला पाया।

शायद यहां सबकुछ ख़त्म नहीं हुआ था क्योंकि कानून पर से भले ही भरोसा उठ चुका था लेकिन एक पिता कानून के सामने हारकर अपनी गुड़िया के साथ नाइंसाफ नहीं होने दे सकता था।

आखिर एक पिता के दिल में सुलग रही ये आग उनको किस हद तक ले जाएगी यह सोचने की हद भी उस हद से बेहद कम थी।

९

खामोश... वो लौट आया हैं

एक तरफ अदालत के इस बेबुनियाद फैसले से एक पिता का कानून पर से भरोसा उठ चुका था तो दूसरी तरफ सजा से बच जाने की खुशी में हैवानों की मंडली जश्न मना रही थी।

इधर उदय सिंह के दिल में सुलग रही बदले की आग उनको इन हैवानों की टोली के बीच ले आई थी लेकिन जल्द ही उदय सिंह को हवेली के बाहर फिकवाँ दिया गया।

उधर विद्या की लाश भी अचानक गायब हो चुकी थी जिसका कुछ पता नहीं चल पा रहा था।

विद्या की लाश के गायब हो जाने के थोड़ी देर बाद ही हवेली से ख़बर आई कि आमिर की मौत हो चुकी थी जो विद्या हत्याकांड के मुख्य आरोपियों में से एक था, लेकिन अचरज की बात तो यह थी कि विद्या की लाश भी उसी जगह पड़ी हुई मिली जिस जगह आमिर की हत्या हुई थी।

क्या कुछ ऐसा था जिसकी शुरुआत हो चुकी थी लेकिन अभी तक इसका अहसास किसी को नहीं था।

इधर उदय सिंह को आमिर की हत्या का आरोपी माना जा रहा था क्योंकि उन्होंने धमकी दी थी कि वह अपनी विद्या के कातिलों को किसी भी हालत में जिंदा नहीं छोड़ेंगे।

इन्हीं आरोपों के बीच उदय सिंह को समाज के लिए ख़तरा बताते हुए मानसिक रोगी करार दे दिया गया और उन्हें देखते ही गोली मार देने के आदेश भी निकलवा दिए गए। भले ही यह सब एक अफवाह थी लेकिन यह सब करने के लिए प्रशासन और नेताओं को अच्छी-खासी मिठाई का लालच दिया गया था।

इन सबके बीच ही हवेली और उसके आसपास के इलाकों में अजीबों-गरीब घटनाएं होना शुरू हो गई थी।

कभी किसी की दर्दनाक चीख़ सुनाई देती थी तो कभी किसी के हंसने की आवाजें। यहां तक कि जैसे ही रात का अंधेरा गहराने लगता था वैसे ही जंगली जानवरों की आवाजें गूंजने लगती थी जबकि हक़ीकत तो यह थी कि हवेली से काफी दूर-दूर तक कोई जंगली जानवर था ही नहीं।

यह उलझने है अभी सुलझी भी नहीं थी कि इधर योगेश्वर नाथ को भी किसी ने मौत के घाट उतार दिया था।

इन उलझती पहेलियों के बीच आखिर वो कौन-सी कड़ी थी जो इन सभी हादसों से जुड़ी तो थी लेकिन सामने होकर भी नजरों से बेहद दूर थी।

जितने जवाब इस केस में सामने आ रहे थे वही जवाब वक्त के साथ सवालों में तब्दील होते जा रहे थे कि आखिर इन खामोश होते चेहरों के पीछे किसका हाथ था, या फिर कोई था जो वापस लौट आया था....

उसी रात लगभग 12:00 बजे जब चारों तरफ सन्नाटा पसरा हुआ था अंधेरा भी अपनी चरम सीमा पर काटने को दौड़ रहा था। ठीक उसी वक्त कामिनी को किसी के बहुत तेज सांसे लेने की आवाज सुनाई देती है जिसे सुनकर उसकी नींद खुल जाती है।

जैसे ही काम ही नहीं बिस्तर से उठकर बाहर देखने जाती है तो वह आवाज अचानक से बंद हो जाती है। इसे अपना वहम समझकर कामिनी वापस जाकर सोने ही वाली होती है कि वही आवाज दुगनी तेजी से वापस आने लगती है, जैसे कोई ठीक उसके पीछे खड़ा होकर सांसें ले रहा हो।

कामिनी पीछे मुड़कर देखती है लेकिन वहां कोई नहीं था। फिर भी कामिनी को यह महसूस हो रहा था कि वहां कोई तो हैं जो लगातार उसे देख रहा हैं।

ऐसा सोचते हुए कामिनी जैसे ही पीछे मुड़कर देखती है तो एक काला

साया उसे घूर रहा होता है जिसे देखकर कामिनी की चीख निकल जाती है। उसकी चीख सुनकर सब लोग डर जाते हैं और कामिनी से चीखने का कारण पूछते हैं लेकिन कामिनी काफी घबराई हुई थी तो उसके मुंह से कुछ निकल नहीं पा रहा था।

उसी वक्त हवेली के बाहर से किसी की आवाज सुनाई देती है-"खामोश हो जाओगे तुम सब हैवान वो वापस लौट आया है, लौट आया है वो, लौट आया है...

यह सुनकर वो सब लोग घबरा जाते हैं जो इस गुनाह में शामिल थे। इसके बाद जब सभी लोग वहां से जा ही रहे होते हैं तो दुष्यंत को एक कटे सिर वाला आदमी दिखाई देता है जो दरवाजे के पास खड़ा होकर उन्हें देख रहा होता हैं, लेकिन अचानक से वह गायब हो जाता है।

जब यह बात शाहनवाज को पता चली तो वो भी डर गया और उसने दुष्यंत को बताया कि ऐसा कैसे हो सकता है। उस रात जब उदय सिंह हवेली में आया था तो उसने मुझे और आमिर को धमकी दी थी कि वह हमें किसी भी हालत में जिंदा नहीं छोड़ेगा। यह सुनकर हमें गुस्सा आ गया और हमने उसकी गर्दन काटकर उसकी हत्या कर दी। इसके बाद हमने उसकी लाश को पास के ही श्मशान घाट में दफ़ना दिया था और तुम कह रहे हो कि तुमने एक कटे सिर वाला आदमी देखा जबकि तुम्हें तो पता भी नहीं था कि हमने उदय सिंह को बिल्कुल ऐसे ही मारा था।

यह सुनकर दुष्यंत और शाहनवाज बेहद डर चुके थे और इस बात की तह तक पहुंचने के लिए शाहनवाज, दुष्यंत को लेकर एक मस्जिद के मौलवी के पास गया। जब उन दोनों ने मौलवी को सारी बात बताई तो उसने उन दोनों के हाथ पर एक ताबीज बांध दिया और उन दोनों को अपने साथ उस जगह पर चलने को कहा, जहाँ पर उदय सिंह की लाश को दफनाया गया था।

जब मौलवी, दुष्यंत और शाहनवाज के साथ श्मशान घाट पहुंचा, जहाँ पर उदय सिंह की लाश को दफनाया गया था तो उन्हें पता चला कि उदय सिंह की लाश तो वहां थी ही नहीं।शाहनवाज ने कहा कि उन्होंने उदय सिंह की लाश को इसी जगह पर दफनाया था, फिर एक लाश उस जगह से कैसे गायब हो सकती है, जहाँ पर उसे दफनाया गया हो।

यह बातें अभी उन तीनों के समझ में आई भी नहीं थी कि उदय सिंह के जोर-जोर से हंसने की आवाजें आने लगी।

आधी रात के सन्नाटे के बीच यह आवाज और भी भयानक लग रही थी जिसे सुनकर किसी के भी दिल की धड़कन थम सकती थी।

इस सन्नाटे भरी रात के अंधेरे के बीच अपने हाथ में कटा सर लिए उदय सिंह की लाश उन वहशी-दरिंदों की तरफ बढ़ती जा रही थी कि तभी मौलवी ने आगे आकर उदय सिंह की लाश को रोकने की कोशिश की और कहा कि-"तुम इन बंदों को तब तक छू भी नहीं सकते जब तक खुदा की रहमत का धागा इनके हाथ में हैं।"

इस पर वह सर कटी लाश तेज आवाज में बोलती है-"हहहहहहह... मौलवी!! तू क्या चाहता हैं कि मैं इन दरिंदों को जिंदा छोड़ दूँ। किसी मौलवी के ताबीज में इतनी ताकत नहीं कि वो एक पिता को उसकी गुड़िया के कातिलों का सर्वनाश करने से रोक सकें और अगर तू अपनी ख़ैरियत चाहता है, तो चला जा यहां से... वरना आज तेरा खुदा भी तुझे इस बाप के इंतकाम की आग से नहीं बचा पाएगा। चला जा यहां से अगर अपनी जिंदगी से जरा-सी भी मोहब्बत है तो... वरना तैयार हो जा मौत का निवाला बनने के लिए।"

इसके बाद मौलवी ने कुछ तंत्र-मंत्र करने की कोशिश की लेकिन तब तक बहुत देर हो चुकी थी... उसके जादू-टोने उसकी जान नहीं बचा पाए और उदय सिंह की लाश ने उसको तड़प-तड़पकर मरने के लिए जिंदा ही मौत की आग में धकेल दिया। यह सब देखकर उन दोनों हैवानों की हैवानियत भी खौफ़ खा रही थी जिन्होंने अपनी हवश की भूख मिटाने के ख़ातिर एक बच्ची तक को नहीं बख्शा था।

दुष्यंत और शाहनवाज वहां से जान बचाकर हवेली भाग आए थे या फिर शायद उदय सिंह कि लाश ने इन्हें जाने दिया था क्योंकि वह इन दरिंदों को डरा-डराकर मारना चाहती थी ताकी इन्हें भी पता चले कि असल में खौफ़ होता क्या हैं।

इस घटना के बाद मौतों का सिलसिला बढ़ने लगा था जिसकी वजह से आसपास के इलाकों में खौफ का सायां मंडराने लगा था।

जल्द ही एक स्थानीय नेता विकराल कुकरेजा की लाश बरामद होती है

जिसको बड़ी बेरहमी से मारा गया था।

अब यह मामला एक राजनीतिक मुद्दा बन चुका था जिसकी जांच करने का जिम्मा आईपीएस ऑफिसर सुनिधि ठाकुर को सौंपा गया।

सुनिधि ठाकुर ने अपनी जांच के दौरान विद्या हत्याकांड के केस को भी दोबारा खुलवा दिया था क्योंकि उनके बयान के अनुसार इन सभी हत्याओं का विद्या मर्डर केस से कुछ ना कुछ लेना देना जरूर था।

इधर सुनिधि ठाकुर को खबर मिली कि पास के ही एक कस्बे में नाले की सफाई के दौरान एक लाश बरामद हुई है जो पूरी तरह से सड़ चुकी थी। बरामद हुई लाश किसी महिला की थी लेकिन सड़ जाने के कारण चेहरा पहचाना नहीं जा सकता था इसलिए लाश को पोस्टमार्टम के लिए भिजवा दिया गया।

घटनास्थल की जांच पड़ताल से पता चला कि यह लाश किसी और की नहीं बल्कि बलवंत सिंह की पत्नी सुहासिनी की थी।लेकिन चौंकाने वाली बात तो यह थी कि हवेली में से किसी ने भी सुहासिनी के गुमशुदा होने की रिपोर्ट तक दर्ज नहीं करवाई थी।

सुहासिनी की डीएनए रिपोर्ट खून की उन बूंदों से भी मेल खा रही थी जो विद्या हत्याकांड के घटनास्थल से बरामद की गई थी।

भले ही एक सवाल का जवाब मिल चुका था लेकिन अब एक नया सवाल खड़ा हो चुका था कि आखिर सुहासिनी का खून उस जगह कैसे पहुंचा जहां विद्या की हत्या की गई थी।

इन सवालों का जवाब ढूंढने के लिए सुनिधि हवेली पहुंची। सुनिधि ने बलवंत सिंह से इसकी वजह भी पूछी कि क्यों उन्होंने सुहासिनी के गुमशुदा होने की रिपोर्ट दर्ज नहीं करवाई। इसके अलावा भी सुनिधि ठाकुर ने बलवंत सिंह से बहुत-से सवाल किये लेकिन बलवंत सिंह के जवाब इन सवालों के लिए काफी नहीं थे, शायद बहुत कुछ ऐसा था जो सुनिधि की नजरों से छिपा हुआ था।

जब सुनिधि हवेली से निकली तो रास्ते में उस पर जानलेवा हमला करवाया गया। इस जानलेवा संघर्ष के दौरान सुनिधि के पेट में खंजर घोंप दिया गया जिसके कारण सुनिधि काफी देर तक दर्द से तड़पती रही और आखिर में उसकी आंखें बंद हो गई।

घंटों बाद जब सुनिधि की आंखें खुली तो वह किसी वीरान से पड़े खंडहर में थी और उसके घाव भी भर चुके थे।

यह देखकर सुनिधि आश्चर्यचकित थी कि आखिर इतनी जल्दी उसके घाव कैसे भर सकते हैं और वो यहाँ कैसे आयी, कौन लाया उसे इस जगह।

सुनिधि यह सब सोच ही रही थी कि उस खंडहर की खिड़की से एक आवाज आती है-" सुनिधि बिटिया! सुहासिनी की हत्या उसी के पति बलवंत ने ही की हैं और तुम पर हमला भी उन्हीं लोगों ने करवाया था ताकि तुम सच तक कभी ना पहुंच पाओ।"

इसके बाद वह आवाज अचानक से बंद हो गई। खिड़की के पास अंधेरा था तो सुनिधि उसका चेहरा नहीं देख पाई थी। इसलिए सुनिधि खिड़की के पास गयी तो उसने देखा कि इस खिड़की के बाहर एक बहुत ही गहरी खाई थी जिससे कोई भी इंसान, यहाँ तक नहीं पहुंच सकता था। तो फिर वो कौन था जिसने सुनिधि से बातें की थी।

यह देखकर सुनिधि जल्द ही वहां से निकल गई और इस केस की कड़ियों को सुलझाने के लिए कुछ नए पहलुओं की तलाश में जुट गई।

इधर बलवंत को जब पता चला कि यह सब उदय सिंह की आत्मा कर रही है तो उसने घी वाले मंदिर में रहने वाले प्रकांड पंडित स्वामी दीनदयाल उपाध्याय को हवेली में निमंत्रित किया।

बलवंत सिंह को यह पहले से पता था कि अगर स्वामी जी को उनके किए अपराधों के बारे में पता चला तो वह उनकी मदद कभी नहीं करेंगे। इसीलिए बलवंत ने स्वामी दीनदयाल उपाध्याय से कहा कि एक दुष्ट आत्मा हमारे परिवार के पीछे पड़ी है और अब आप ही हैं जो हमें उस बुरी आत्मा के साये से बचा सकते हैं।

यह सुनकर स्वामी दीनदयाल उपाध्याय ने मध्यरात्रि के समय प्रेत-बाधा से मुक्ति के लिए एक अनुष्ठान करने के लिए कहा। उसी रात स्वामी दीनदयाल उपाध्याय ने हवेली में अनुष्ठान शुरू किया और उस हवन कुंड की शक्ति से उदय सिंह की सर कटी लाश स्वामी जी के सामने आने को मजबूर हो गई। स्वामी जी की तंत्र विद्या के प्रभाव से उदय सिंह की लाश उनके वश में आ चुकी थी जिसे स्वामी दीनदयाल उपाध्याय ने

उसी हवेली में कैद कर दिया। इसके बाद बलवंत, कामिनी और दुष्यंत ने उस हवेली को हमेशा-हमेशा के लिए छोड़ दिया।

इन सब के अगले ही दिन हवेली से अजीबों-गरीब आवाजें आने लगी थी। लोग हवेली के नजदीक से होकर गुजरने में भी कतराने लगे थे। जब यह बात सुनिधि ठाकुर को पता चली तो उन्होंने इसकी पड़ताल करनी चाहिए और इसी सिलसिले में सुनिधि हवेली आ पहुंची लेकिन हवेली में सुनिधि को ऐसा कुछ नजर नहीं आया जिसे संदिग्ध माना जा सके।

जब सुनिधि को हवेली में कुछ नहीं मिला तो वह वापस जाने लगी। लेकिन जैसे ही सुनिधि हवेली से बाहर जाने के लिए पीछे मुड़ी हवेली का दरवाजा एकदम से बंद हो गया। सुनिधि ने दरवाजा खोलने की कोशिश की लेकिन वह दरवाजा नहीं खोल पा रही थी।

सुनिधि दरवाजा खोलने की कोशिश कर ही रही थी कि तभी उसके कंधे पर किसी ने हाथ रखा। अचानक हुए इस स्पर्श के कारण सुनिधि घबरा गई और उसने एकदम से पीछे मुड़कर देखा तो उसके होश उड़ गए क्योंकि उसके सामने उदयसिंह की सर कटी लाश खड़ी थी जो अपने हाथ में अपना ही सिर लिए हुए थी।

भले ही सुनिधि एक जांबाज आईपीएस ऑफिसर थी लेकिन फिर भी यह मंजर उसके लिए बहुत भयानक था क्योंकि एक जिंदा लाश ठीक उसके सामने खड़ी थी।

उदय सिंह की लाश ने सुनिधि से कहा-" सुनिधि बिटिया! डरो मत... मैं उदय सिंह, मर चुका हूं मैं... उन दरिंदों ने मेरी गुड़िया को भेड़ियों की तरह नोच कर मार डाला था और फिर मुझे भी सिर काटकर मार दिया। मैं तो इतना बदनसीब बाप था कि जीते जी अपनी बच्ची को इंसाफ भी नहीं दिलवा पाया। इस देश के कानून ने उन हैवानियत भरे दरिंदों को नाबालिग कहकर छोड़ दिया जिन्होंने एक छोटी सी बच्ची को अपने वहशीपने का शिकार बना लिया था। वह दरिंदे आजादी से बाहर घूम रहे हैं और मैं इस चारदीवारी से बाहर भी नहीं निकल सकता। मुझे उन दरिंदों से मेरी गुड़िया का इंतकाम लेना है और जब तक मैं उन्हें वालों को तड़पता हुआ नहीं देख लूंगा तब तक इस बदनसीब बाप के दिल को

तसल्ली नहीं मिलेगी।"

यह सुनकर सुनिधि की आंखों से आंसू निकल आए थे क्योंकि सुनिधि कोई और नहीं बल्कि सुहासिनी की बचपन की दोस्त थी जिसे भी बलवंत सिंह ने मार दिया था।

सुनिधि कुछ सोच पाती उससे पहले ही उदय सिंह की आत्मा सुनिधि के शरीर में प्रवेश कर गई। सुनिधि के शरीर का सहारा पाकर उदय सिंह हवेली के बंधन से मुक्त हो गए और अब वक्त था अपराधियों को उनके किये अपराधों की सजा देने का, जो कितना भयंकर होगा वह सोच पाना भी सोच से परे था क्योंकि यह एक पिता का इंतकाम था जो हर हदें पार करने की हिम्मत रखता था।

सुनिधि जिसके शरीर में अब उदय सिंह की आत्मा प्रवेश कर चुकी थी शाहनवाज को ढूंढते हुए एक शादी समारोह में पहुंच गई।

यह किसी और की नहीं बल्कि खुद शाहनवाज की शादी का समारोह था लेकिन इस समारोह में बलवंत या दुष्यंत में से कोई भी नहीं आया था और इसी बात का फायदा उठाकर सुनिधि यानी कि उदय सिंह ने दुष्यंत का रूप ले लिया और शाहनवाज को अपनी बातों में फंसाकर उस जगह से दूर एक वीरान सी जगह पर ले आया।

जब शाहनवाज ने दुष्यंत से इस जगह पर आने का कारण पूछा तो दुष्यंत जोर-जोर से हंसने लगा और उदय सिंह के रूप में आ गया। उदयसिंह की सर कटी लाश देख शाहनवाज डर से कांपने लगा था और उदय सिंह से उसकी जान बख्श देने की भीख मांगने लगा।

उसकी गिड़गिड़ाहट सुनकर उदय सिंह ने बड़ी कर्कश आवाज में शाहनवाज से कहा-" तू अपनी जान बख्श देने के लिए गिड़गिड़ा रहा है और चाहता हैं कि मैं तुझे जिंदा जाने दूँ। उस हैवान को जिंदा छोड़ दूँ जिसने मेरी मासूम-सी गुड़िया के साथ दरिंदगी की सारी हदें पार कर दी थी, उसे छोड़ दूं जिसने मेरी गुड़िया को मुझसे दूर कर दिया। तू इंसानियत के नाम पर धब्बा है और अब इस धब्बे को मिटाने का वक्त आ गया है। तुझे जितना गिड़गिड़ाना है गिड़गिड़ा ले, जितना भागना है भाग ले, लेकिन आज तुझे एक पिता के कहर से कोई नहीं बचा पायेगा।"

इसके बाद शाहनवाज उस वीरान पड़े जंगल में अपनी जान बचाने के

लिए पागलों की तरह भाग रहा था लेकिन वह जिधर भागता, उसे उदय सिंह की लाश उधर ही मिल जाती थी।

कुछ देर उदयसिंह की लाश शाहनवाज को डर के सायें में भगाती रही और आखिरकार उदयसिंह ने शाहनवाज को जंगल के बीचों-बीच पड़े एक कुएं में नग्न करके लटका दिया और उसका लिंग उखाड़ दिया। शाहनवाज की चीख पूरे जंगल में गूंज उठी लेकिन उस सुनसान जंगल में उसकी चीख सुनने वाला दूर-दूर तक कोई नहीं था।

इस दर्द को शाहनवाज सहन नहीं कर पाया और दर्द से बिलखते हुए उसके प्राण पखेरू हो गए।

अगले दिन इस हालत में मिली शाहनवाज की लाश ने सनसनी फैला दी थी। भले ही यह घटना और रूँह कंपा देने वाली थी लेकिन किसी के लिए यह इंसाफ की सुलगती चिंगारी जैसी भी थी क्योंकि इस घटना से उन लोगों के दिल में भी डर बैठ गया था जिसने कभी किसी के साथ ऐसी दरिंदगी करने के बारे में सोचा भी था।

शाहनवाज की मौत के दो दिन बाद ही बलवंत सिंह के नए घर में भी अजीब-सी घटनाएं होना शुरू हो गई थी। कभी जंगली जानवरों की आवाजें आती थी तो कभी घर में खून टपकने लगता था और कभी तो निर्जीव चीजें भी जिंदा हो उठती थी।

एक रात जब दुष्यंत सो रहा था तो उसके सपने में आया कि उसे किसी ने बड़ी बेदर्दी से मार दिया है। डर की वजह से जब उसकी आंखें खुली तो ठीक उसकी आंखों के सामने खड़ी उदयसिंह की सर कटी लाश उसे घूर रही थी जो कभी सुनिधि तो कभी उदय सिंह का रुप बदल रही थी।

दुष्यंत यह देखकर बहुत डर चुका था और डरकर वहां से बाहर भागने की कोशिश करने लगा लेकिन चाहते हुए भी दुष्यंत भाग नहीं पा रहा था। उदय सिंह की सर कटी लाश दुष्यंत के करीब आई और उसके कानों में कहा-" क्यों दुष्यंत बेटा आशीर्वाद नहीं लोगे अपने ताऊसा का, पता हैं ना तुम्हें कि चुप रहने वाले लोग मुझे बिल्कुल पसंद नहीं है, बोलों...
यह सुनकर दुष्यंत उसे छोड़ देने की भीख मांगने लगा।
दुष्यंत की गिड़गड़ाहट सुनकर उदय सिंह की लाश गुस्से से आगबबूला होकर बोली-" तुझे माफी मांगते हुए शर्म नहीं आ रही। तूने जो पाप किया

है वह माफी के लायक नहीं है, तुझे तो भाई कहकर बुलाती थी ना मेरी गुड़िया, भले ही सगा नहीं था लेकिन भाई तो था ना... लेकिन तूने एक भाई-बहन के रिश्ते को कलंकित किया है। जहां एक भाई अपनी बहन का रक्षा कवच होता है वहीं तू अपनी बहन का भक्षक बन गया, तुझे जीने का कोई हक नहीं हैं।"

इसके बाद उदय सिंह की लाश ने दुष्यंत की आंखें नोचकर बाहर निकाल दी और उसको तीसरी मंजिल से नीचे फेंक दिया।

अगले दिन दुष्यंत की लाश बरामद हुई और उसी के पास उदय सिंह की लाश भी मिली जिसका सिर कटा हुआ था। सुनिधि ठाकुर ने इन दोनों लाशों को पोस्टमार्टम के लिए भिजवा दिया।

इधर अदालत में यह केस एक खिलौना बनकर हर बार एक नई तारीख पर ढलता रहा और इसी तरह हर बार मिली एक नई तारीख के साथ 11 साल का लंबा वक्त गुजर गया लेकिन अभी भी कानून की नजर में विद्या के लिए इंसाफ मिलना अदालत की तारीख़ का मोहताज़ बना हुआ था।

10

11 साल बाद

इन 11 सालों में एक मासूम बच्ची के हत्यारों को नाबालिग बताकर हर बार बेगुनाह साबित किया जाता रहा और एक तरफ अपनी गुड़िया के कातिलों को सजा देने के अपराध में एक मजबूर पिता को गलत साबित करने की बेहिसाब कोशिशें की जाती रही।

भले ही एक लंबा वक्त गुजर चुका था और इस वक्त के दौरान अपराधियों का अपराध भी साबित हो चुका था लेकिन अफ़सोस की बात तो यह थी कि सब कुछ आंखों के सामने होते हुए भी कानून की नज़र में विद्या को इंसाफ नहीं मिल पा रहा था।

आज वो दिन था जब एक बार फिर कानून के रखवाले इस केस पर वाद-विवाद करेंगे। एक पक्ष गलत को सही साबित करने की कोशिशें करेगा तो एक पक्ष इंसाफ मिलने की उम्मीद भी बनाकर रखेगा।

यह केस अब कोई स्थानीय घटना नहीं रही थी बल्कि राष्ट्रीय चर्चा का मुद्दा बन चुकी थी। बड़े-बड़े राजनेताओं के बयान भी इस मुद्दे पर खुलकर सामने आ रहे थे जिनमें से कुछ नेताओं के बयान इस कदर गिरे हुए थे कि उनकी बातों से उनकी घटिया सोच का अंदाजा लगाया जा सकता था।

इधर देश की कुछ जानी-मानी हस्तियाँ विद्या के पक्ष में आ चुकी थी जिससे न्याय मिलने की उम्मीदें प्रबल होती जा रही थी।

समाचार पत्रों और न्यूज़ चैनलों में भी बड़ी-बड़ी हस्तियों के वाद-विवाद

इस मुद्दे पर हर रोज प्रकाशित किए जा रहे थे।

खैर, आज देश भर की नजरें इस केस पर गड़ी हुयी थी क्योंकि आज इस केस का अंतिम फ़ैसला आने वाला था।

भले ही इस केस का फैसला कुछ भी हो लेकिन आज यह फैसला यह तय करने वाला था कि क्या सच में कानून सच का साथ देता है या फिर अंधे कानून का इंसाफ भी उसकी तरह अंधा ही होता है, जो ना तो किसी का दर्द देखता है और ना किसी की तकलीफ़।

इन सबके बीच देश के सर्वोच्च न्यायालय में इस केस की सुनवाई शुरू होती हैं। यह देखना बेहद शर्मनाक था कि देश का सबसे बड़ा वकील आनंद घटियाल अपराधियों को सही साबित करने पर तुला हुआ था और उदय सिंह को उनकी हत्या का आरोपी सिद्ध करना चाहता था।

इधर विद्या की तरफ से अरुणिमा सिन्हा भी उसे कानून की नज़र में इंसाफ दिलवाने की बेजोड़ कोशिशें कर रही थी।

आनंद घड़ियाल ने अपने दाँव-पेच खेलते हुए अपनी दलील पेश की-"माय लॉर्ड! इस मुकदमे को इतने सालों तक खींचने की कोई जरूरत ही नहीं थी। इसके सभी पक्ष और गवाह यह साबित कर चुके हैं कि उदय सिंह ने बड़ी बेरहमी से नाबालिग आमिर, शाहनवाज और दुष्यंत की हत्या की और फिर खुद सजा से बचने के लिए आत्महत्या कर ली। मेरी अदालत से दरख्वास्त हैं की उदय सिंह को आरोपी करार देकर इस केस को बंद कर दिया जाए।"

इसके बाद अरुणिमा सिन्हा ने भी अपनी दलील पेश करते हुए कहा-" माय लॉर्ड! मैं इसके लिए माफी चाहूंगी कि मैं अपने देश की कानून व्यवस्था पर सवाल खड़ा कर रही हूं लेकिन देश के सर्वोच्च न्यायालय में एक बलात्कार से जुड़ा मुकदमा पिछले 10 सालों से इंसाफ की उम्मीद लगाए बैठा हैं लेकिन उसे मिलता क्या हैं, इंसाफ के नाम पर तो उसे ही गलत साबित कर दिया जाता हैं।

आज से ठीक 11 साल पहले वो मनहूस दिन जब एक 11 साल की मासूम सी बच्ची का बलात्कार करके उसकी बेदर्दी से हत्या कर दी गई थी। वह मासूम तड़पती रही, दया की भीख मांगती रही लेकिन उन वहशी दरिंदों को उस पर ज़रा-सा भी तरस नहीं आया और यह सब कुछ अदालत में

साबित होने के बावजूद उन दरिंदों को नाबालिग करार देकर छोड़ दिया गया। आखिर वो दरिंदे नाबालिग कैसे हो सकते हैं जो किसी के साथ बलात्कार कर सकते हैं और फिर उसकी हत्या भी कर सकते हैं।
फिर भी हमारा कानून उन्हें नाबालिग बता कर छोड़ देता है, आखिर कौन-सा आधार था इस न्याय का कि अपराधियों को नाबालिग बता कर छोड़ दिया जाए। जब कानून की नजर में सब बराबर है तो फिर इंसाफ देते वक्त यह भेदभाव क्यों किया गया।"

इसी बीच अरुणिमा सिन्हा की दलीलों को बीच में काटते हुए आनंद घटियाल ने कहा-"माय लॉर्ड! मैं माफी चाहूंगा लेकिन वकील साहिबा जो खुद कानून की पैरवी करती है वहीं हमारे संविधान और हमारी कानून व्यवस्था पर सवाल खड़ा कर रही हैं और इस केस को पुख्ता सबूतों की जगह भावनात्मक रूप से पेश कर रही हैं। शायद वह भूल गई है कि केस भावनाओं से नहीं सबूतों से जीते जाते हैं।"
यह सुनकर अरुणिमा सिन्हा ने कहा-" मुझे पता है कि केस सबूतों के आधार पर जीते जाते हैं लेकिन जब सुनने वाले में भावनाएं ना हो तो बहुत से जुड़ा दर्द कभी नहीं समझ सकते।
खैर, मेरे पास एक ऐसी चीज़ हैं जिसे सुनने के बाद हर वो शख्स विद्या के दर्द को महसूस कर पाएगा जो विद्या को न्याय मिलने की उम्मीद लिए बैठा है।"
इसके बाद अरुणिमा ने अदालत के सामने एक रिकॉर्डिंग पेश की जिसे सुनकर उन तमाम लोगों की आंखों से आंसू बहने लगे जो वहां मौजूद थे।

"पापा, आप सुन रहे हो ना... मुझे बहुत डर लग रहा हैं यहाँ... मुझे निकाल लो न यहां से,, हाथ छिल गए है इनकी बाँधी हथकडियो से, बोहत दर्द हो रहा है, भेड़ियों की तरह नोच लिया है इन लोगो ने, मुझे नही पता मैं कहाँ हूँ? लेकिन मुझे आपके पास आना है पापा...थोड़ी देर आपकी गोद में सिर रख कर सुकून की नींद सोना हैं, आपसे परियों की कहानियां सुननी हैं जिसमे एक राजकुमोर आता था और राजकुमारी को राक्षस के चंगुल से बचा कर ले जाता था लेकिन ये सब झूठ हैं पापा, ऐसा कुछ नहीं हुआ मेरे साथ, कोई नहीं आया मुझे बचाने के लिए, आपकी गुड़िया अकेली ही फंस गयी इन राक्षसों की दुनिया में, जहाँ कोई मेरी चीख नहीं

सुनता, बस पापा आप आ जाओ और ले चलो मुझे यहां से, मुझे आपकी गोद में सोना हैं आखिरी बार और फिर हमेशा-हमेशा के लिए मम्मा के पास चले जाना हैं, वो भी इंतज़ार कर रही होगी न मेरा..."

इसे सुनने के बाद वहां मौजूद सभी लोगों की आंखों में गुस्सा और दर्द साफ-साफ दिखाई दे रहा था।

तभी अरुणिमा ने केस को आगे बढ़ाते हुए कहा-" माय लॉर्ड! यह आवाज किसी और की नहीं बल्कि खुद विद्या की है जो उसकी हत्या से ठीक पहले रिकॉर्ड की गई थी जब उसने अपने पिता से बात करने के लिए हवेली में फोन किया था लेकिन उस वक्त वह फोन बलवंत की पत्नी सुहासिनी ने उठाया था क्योंकि उदयसिंह रावल उस वक्त हवेली में मौजूद ही नहीं थे। सुहासिनी ने यह सब रिकॉर्ड कर लिया था ताकि वह विद्या की कुछ मदद कर सके। किसी तरह सुहासिनी उस जगह पहुंच भी गई थी जहां पर विद्या को बंधक बनाकर रखा गया था लेकिन जब वह वहां पहुंची तो उसने दुष्यंत और उसके दोस्तों को विद्या की हत्या करते हुए देख लिया था और वो यह सब पुलिस को बताने वाली थी इसीलिए बलवंत सिंह ने अपने बेटे को बचाने के खातिर सुहासिनी को जान से मार दिया।

कुछ वक्त तक सुहासिनी की लाश को उसी जगह पर छिपाकर रखा गया जहां पर विद्या को बंधक बनाकर रखा गया था। लेकिन जब पुलिस की जांच का पता चला तो बलवंत ने सुहासिनी की लाश को पुराने नाले में फिंकवा दिया। इसी कारण विद्या हत्याकांड के घटनास्थल से जो खून की बूंदे बरामद की गई थी उसमें सुहासिनी का खून भी शामिल था।

यह सब आईपीएस ऑफिसर सुनिधि ठाकुर को पता चल चुका था लेकिन कोर्ट में सबूत पेश करने से पहले ही उसकी भी हत्या करवा दी गई और वह हत्या किसी और ने नहीं बल्कि इस अदालत में मौजूद बलवंत सिंह ने करवाई थी और इस बात की मुख्य गवाह भी इस वक्त हमारे बीच मौजूद हैं।"

यह सुनकर आनंद घटियाल ने अरुणिमा को अदालत का वक्त जाया ना करते हुए गवाह को अदालत के सामने पेश करने की बात कही।

इसके बाद अरुणिमा ने उदय सिंह की मुँहबोली बहन कामिनी को अदालत के सामने पेश किया।

कामिनी ने अदालत को बताया कि उसने बलवंत के साथ मिलकर उदयसिंह की जायदाद को धोखे से हड़प लिया था। लेकिन जब मुझे विद्या के बारे में पता चला तो मैंने उसे इंसाफ दिलवाने की कोशिश भी की थी क्योंकि मैं विद्या को मेरी बेटी की तरह मानती थी और इसी कारण मैंने यह रिकॉर्डिंग भी उदयसिंह तक पहुंचाई थी जिसे उदय सिंह ने योगेश्वर नाथ को सौंप दिया था लेकिन उन लोगों ने इसे अदालत में पेश नहीं करने दिया और बाद में योगेश्वर नाथ की भी हत्या करवा दी। जब विद्या के तीनों आरोपियों को अदालत ने नाबालिग बता कर छोड़ दिया था तो उस रात मैंने ही आमिर को मौत के घाट उतारा था जिसका सारा आरोप उदय सिंह पर मढ़ दिया गया था।

इसके बाद अचानक से कामिनी की आवाज एक छोटी बच्ची जैसी हो गई जो गुस्से से आगबबूला होकर भरी अदालत में बलवंत सिंह की तरफ बढ़ रही थी। कोई कुछ समझ पाता उससे पहले ही कामिनी ने बलवंत सिंह की गर्दन पकड़ कर कहा-" क्यों बलवंत! तूने अपने लालच के लिए मेरे बाबा को धोखा दिया था ना, उन्होंने तेरे लिए क्या कुछ नहीं किया था और तूने उन्हीं के साथ विश्वासघात किया। मैं भी तो तुझे छोटे बाबा कहकर बुलाया करती थी लेकिन मैं तो अनजान थी कि तू तो एक बाप की परिभाषा भी नहीं जानता। अपने लालच और अपने बेटे को उसके किए कुकर्मों से बचाने के लिए तूने इतने पाप किए हैं कि अब तेरी मौत भी तेरे अपराध कम नहीं कर सकती।

देख, मैं वहीं हूँ, जिसके खातिर एक पिता ने अपनी जान गवां दी थी ताकि वो मुझे इंसाफ दिलवा सके। मैं वही हूँ, जो उन दरिंदों के सामने गिड़गिड़ाती रही, रहम की भीख मांगती रही लेकिन उन हैवानों का दिल पसीजा तक नहीं।"

यह देखकर वहां मौजूद सुरक्षाकर्मियों ने कामिनी को रोकने की कोशिश भी की लेकिन वह कामिनी को छू भी नहीं पा रहे थे।

इन सबके बाद कामिनी ने बलवंत सिंह की गर्दन मरोड़ दी जिससे मौके पर ही उसकी मौत हो गई।

आखिर यह सब क्या हो रहा था, किसी को कुछ समझ में नहीं आ रहा था कि तभी कामिनी एक बच्ची की आवाज में ही वहां मौजूद लोगों से कहा-" हां मैं हूँ विद्या, मैं हूँ वो लड़की जो उस हैवानियत का शिकार हुई थी। मैं ही हूँ वो लड़की जिसके पिता को इन हैवानों ने सर काट कर मार डाला था। मैं ही हूँ वो लड़की, जिसके लिए 11 सालों से इंसाफ की लड़ाई लड़ी जा रही थी। मैं ही हूँ वो लड़की, जो रोती रही, बिलखती रही लेकिन किसी ने मेरी पुकार तक नहीं सुनी। मैं ही हूँ वो लड़की जिसके अपराधियों को इस कानून ने नाबालिग बता कर छोड़ दिया था, मैं ही हूँ वो लड़की जिसके पिता को उन हैवानों की हत्या के लिए गलत साबित करने की लाख कोशिशें की जा रही थी। आखिर क्या गलती थी मेरी की मैंने एक लड़की बनकर जन्म लिया था या फिर मेरे पिता ने गलती की थी कि उन्होंने एक लड़की को अपनी जान से ज्यादा प्यार किया था और उसके कातिलों को सजा देने के लिए खुद कातिल बन गए।
मैं आप सब से पूछती हूं कि क्या सच में एक लड़की बनकर जन्म लेना अपराध था मेरा??"

इसके बाद कामिनी अचानक से अदालत के बीच गिर पड़ी। जब उसकी जांच की गई तो पता चला कि उसका शरीर एकदम ठंडा पड़ चुका था, शायद 2 दिन पहले ही कामिनी की मौत हो चुकी थी।
वहां मौजूद सभी लोगों की आंखों से आंसू आ रहे थे लेकिन फिर भी यह सवाल उनकी समझ से कोसों दूर था कि आखिर यह जो कुछ भी हुआ, वो क्या था।

खैर, सर्वोच्च न्यायालय ने अपना अंतिम फैसला विद्या के पक्ष में सुनाया, और उन सभी दोषियों को नाबालिग करार देकर छोड़ना एक गलत फैसला बताकर उदयसिंह को भी निर्दोष करार दिया गया।
अगले दिन अखबारों में छपी इस खबर ने देश के हर एक व्यक्ति को झकझोर कर रख दिया था क्योंकि इस समाचार को एक शीर्षक के साथ प्रकाशित किया गया था- "क्या लड़की बन कर जन्म लेना ही मेरा अपराध था?"